I0667926

POÈTES ILLUSTRES DE LA POLOGNE

AU XIXᵉ SIÈCLE

CYCLE UKRAINIEN

II

BOHDAN ZALESKI

NICE

IMPRIMERIE ET PAPETERIE ANGLO-FRANÇAISE, MALVANO & Cⁱᵉ

(ANCIENNE MAISON CAISSON ET MIGNON)

62, rue Gioffredo, 62

1878

POËTES ILLUSTRES DE LA POLOGNE

AU XIXe SIÈCLE

Nice. — Imprimerie et Papeterie Anglo-Française, MALVANO-MIGNON

POÈTES ILLUSTRES DE LA POLOGNE

AU XIXᵉ SIÈCLE

CYCLE UKRAINIEN

II

BOHDAN ZALESKI

NICE

IMPRIMERIE ET PAPETERIE ANGLO-FRANÇAISE, MALVANO-MIGNON

62, rue Gioffredo, 62

—

1878

II

BOHDAN ZALESKI

AVANT-PROPOS

La première moitié du dix-neuvième siècle fut
une époque de renaissance littéraire pour la Pologne. Une pléïade de jeunes poëtes enthousiastes
de l'art et de leur patrie se répandit en essaim,
après l'année 1830, dans l'émigration sur la terre
étrangère, où dispersés, comme des oiseaux fuyant
la rigueur du nord, ils chantèrent de leurs voix
mélodieuses la gloire passée et les souvenirs
aimés de la patrie absente. Ils gardèrent, intact
dans le cœur, le trésor intime des sentiments
élevés et patriotiques, *palladium* sacré, qui ser-

vira peut-être, un jour, à la régénération de leur pays asservi et démembré.

Miçkiewicz immortalisa dans ses chefs-d'œuvre les mœurs, les coutumes et les paysages de sa chère Lithuanie; *Krasinski* développa dans un splendide et mystique langage la sainte mission de la Pologne, martyre de la foi et de la liberté; Bohdan Zaleski chanta l'Ukraine, sa terre natale, pays de marche, ou de frontière, traversé jadis par les hordes de l'Asie, lors de leur invasion en Europe, aux derniers siècles de l'empire romain, et défendu plus tard, sans trêve, par les Polonais, contre les incursions et les ravages des Turcs et des Tatars.

Ces vastes steppes fertiles, mais alors encore incultes, recouverts d'abondants pâturages où paissaient en liberté des chevaux en masse, furent des champs de batailles et de luttes meurtrières, dont les souvenirs et les trophées sont restés ensevelis dans les nombreux tertres funéraires, qui surgissent tous dans la direction de l'est à l'ouest et dominent la plaine, où ils servent de points de repère et de ralliement.

Ce fut le pays originaire des Cosaques, réunis en colonies militaires établies entre le *Boch* et le *Dniepr*, deux fleuves, qui ont pour embouchure, un émissaire commun, ou liman, déversant leurs eaux dans la mer Noire. Leur communauté, composée d'aventuriers de toutes les provinces slaves, parlant l'idiome petit-russien, intermédiaire entre le russe et le polonais, fut organisée par le grand roi de Pologne, Étienne Batory, (1575-1586), pour servir de rempart contre les invasions des Tatars.

Les braves régiments cosaques, commandés par des gentilshommes polonais, remplirent au début, vaillamment, leur mission protectrice de la défense du territoire, et se rendirent terribles à l'ennemi, par leurs incursions en Crimée et sur le littoral turc de la mer Noire; mais plus tard, vexés par les abus tyranniques des grands propriétaires polonais en Ukraine, persécutés dans leur religion du rite grec oriental par les jésuites, qui, devenus prépondérants dans la république de Pologne, voulurent, de gré ou de force, les ramener au giron de l'église romaine, excités par les tsars de Moscovie, ils s'insurgèrent, plus d'une fois, contre leurs maîtres et anciens alliés, les Polonais, ensanglantèrent l'Ukraine de leurs massacres et concoururent par leur criminelle défection à la chute de la république qui, dans sa ruine, vit s'effondrer en même temps leur liberté et l'indépendance de leur propre institution.

Bohdan Zaleski anime par ses chants populaires ce sol abreuvé de sang, recouvert maintenant de belles moissons ; mais il fait revivre, seuls, les beaux et nobles sentiments de ses aïeux, quand ils étaient fidèles au drapeau de la République, sous la conduite de leurs *Hetmans* polonais. Il éclaire de son génie, plus vivement que Malçzewski la trame intérieure de la vie nationale, se refusant à dépeindre les tableaux lugubres de meurtre, d'incendie et de pillage retracés par son ami et compatriote, *Goszczynski*, dans le poëme, *Le Château de Kaniow*, que nous nous proposons de traduire aussi, pour ajouter une nuance plus sombre aux éclatantes et vives couleurs de la palette artistique du Maître.

Joseph Bohdan Zaleski naquit l'année 1802, dans un village d'Ukraine nommé *Bohaterka* (en français, l'*Héroïne*), et, comme il le dit lui-même, dans son style imagé, il s'assimila les chants populaires de sa patrie, percevant leurs sons mystérieux dans le froissement d'ailes des papillons du steppe, et dans le cliquetis des sabres cosaques. Il errait, dans son enfance, parcourant les " *tumuli* " de l'Ukraine, écoutant le murmure de la brise dans les hautes herbes de la plaine ; naïfs ébats de la vie champêtre, dont le souvenir mélancolique tintera toute sa vie à son oreille. Il fit ses études, ensemble avec *Goszczynski*, au collége des pères Baziliens, à *Houmagne*, où il se complut dans l'étude des grands hommes et des

glorieux Hetmans de l'Ukraine, tandis que son
collègue y posait les premières assises de son
drame sanglant. Il fit à Varsovie la connais-
sance de Malçzewski qui, usé déjà par la vie et
par ses déceptions, applaudit au gazouillement
mélodieux du jeune poëte. Il quitta en 1830 son
pays pour toujours et vint s'établir en France ;
mais, ni le souffle vivifiant de la liberté, ni les
splendeurs des Alpes helvétiques, ni les illustres
souvenirs de la campagne romaine ne parvinrent
à le détacher en idée des steppes de l'Ukraine,
qu'il avait toujours devant les yeux.

Miçkiewicz l'appelle le rossignol des pays
slaves.

« Vous accaparez dans votre imagination, lui
« écrit-il, les sources vives de la poésie, qui
« ne vient plus nous éclairer et nous réchauffer
« de sa divine inspiration. Voilà la raison de
« notre silence. »

Il s'exprime ainsi sur le poëte au Collége de
France :

» Zaleski est, sans conteste, le plus grand des
» poëtes slaves. Il a répandu une gerbe de fleurs
» pour couronner leurs luttes poétiques et il fera
» l'éternel désespoir de ceux qui tenteront de
» l'égaler dans le culte désintéressé de l'art ;
» il en épuisa les trésors dans tous les genres,
» sur tous les rhythmes et dans les teintes du
» coloris le plus éclatant, comme dans celles des
» nuances les plus délicates. »

Parmi les critiques russes, *Spasowicz* trouve
dans l'art qu'il montre d'assimiler les contrastes
et de fusionner les dissonnances en un tout harmonieux, la qualité essentielle, requise pour
former un véritable poëte panslaviste. Les Polonais le mettent au premier rang de leurs chantres nationaux, et bien qu'il nous montre parfois
les Cosaques travestis en élégants gentilshommes,
unissant noblesse et distinction, nul ne sut mieux
que lui, s'identifier leurs sentiments, scruter
leurs cœurs, et faire vibrer leurs mâles, ou leurs
tristes accents, du Danube au Dniepr, enfermant

dans ce cadre tout un monde poétique, dont il est le divin interprète.

Il est inimitable dans ses créations, inspirées par le génie révélateur du poëte, penché sur le passé et pressentant l'avenir. Digne émule de Béranger dans l'interprétation poétique du génie national, comme slave, il est toujours religieux en opposition au Gaulois sceptique et railleur. Il n'a écrit, ni drame, ni grand poëme; mais le ciel d'Ukraine, ses vastes horizons et son âme insaisissable se reflètent dans chacune de ses chansons. J'ose offrir à mes lecteurs la traduction de plusieurs de ses chants, aussi fidèle, aussi exacte, que j'ai pu le faire, sans avoir la prétention de pouvoir rendre, dans mes faibles vers, l'incomparable mélodie et le rhythme harmonieux de l'original, heureux de montrer, ne fût-ce qu'un pâle reflet de l'astre brillant, qui pare de ses rayons fantastiques la sombre réalité.

L'œuvre principale de Zaleski est un charmant petit poëme biblique intitulé « La très-sainte

amille, » où l'on ressent, même en Palestine,
 souffle embaumé de l'Ukraine. La lyre sonore
 l'illustre poëte résonne toujours, malgré son
 e vénérable, trahissant de temps en temps
 s aspirations vers son beau pays natal, en-
ourageant les jeunes talents et vibrant d'espoir,
 ême après les récentes convulsions de sa mal-
eureuse patrie.

Le noble poëte inspiré redit encore :

« L'amour et la douleur font la trame et la chaîne
De ma vie..... Oh! de l'Eternel
J'implore la faveur de retrouver l'Ukraine
Au-delà de la tombe.... au ciel !.. »

CHANTS D'UKRAINE

DE

BOHDAN ZALESKI

A MADAME

MARIE RAWICZ

MON INDULGENTE ET PARFAITE AMIE
DES BONS ET DES MAUVAIS JOURS

Agréez avec bienveillance
De mon âme extase et soupir;
Connaissant bien joie et souffrance...
Mère d'un Ange et d'un Martyr !

Charles DE NOIRE-ISLE.

I

LE HETMAN KOSINSKI

Hop, hop, fends l'air, rase la terre ;
Rejoignons la troupe et ma chère,

Mon coursier noir !
Il faut arriver, sans entrave,
A *Grand-Etang* [1]. Sers-moi, mon brave,

Jusqu'à ce soir !
De *Cinq-Monts* [2] et de *Pavelotte* [3],
Naléwaïko descend la côte,

Pour nous aider ;

---

[1] En polonais : *Stawiszcze.* (2) *Piatyhory.* (3). *Pawotocza.*

11

Sur le *Dniepr* barques et nacelles,
Volant comme des hirondelles,
　　　Vont aborder.....

Pour débloquer le fort : Çzèhryne,
Nos enrôlés [1] à fière mine
　　　Viendront bientôt ;
Réunis, nous allons ensemble
Livrer à l'ennemi, qui tremble,
　　　Un bel assaut ;
Chantant une marche guerrière,
Et déployant notre bannière,
　　　Nous le battrons,
Soulevant au ciel la poussière,
Et faisant retentir la terre
　　　De nos clairons.

Des brigands je sais les embûches,
D'où, comme guêpes en leurs ruches,
　　　Les mécréants,

---

(1) Voir la préface du chant XIII

Cachés dans les replis d'Ukraine,
Fondent à l'improviste en plaine
      Sur les passants...
Je saurai bien suivre la trace
Sur le sol, du Tatar rapace,
      Pour le sabrer,
Tombant sur la horde épuisée,
Voulant de ma lance aiguisée
      Le massacrer.

Au ciel l'église se dessine ;
Sur la tour, le drapeau domine
      De *Grand-Étang !*
Le son des clochès carillonne,
La troupe de *Daszko* bourdonne,
      Ivre de sang !
A l'horizon, un gros nuage
Avance, poussé par l'orage
      Et l'ouragan ;
La lune m'apparaît livide.....
Vole, ô mon beau coursier rapide ;
      Rien qu'un élan !

J'aperçois déjà sous la branche,

Dans le lointain, ma maison blanche,

L'armure en or,

Faucons et lévriers en laissse,

Et mon cheval piaffant sans cesse;

Que vois-je encor ?

Aux noirs sourcils, ma bien-aimée,

Inquiète, attend sous la ramée,

Près du manoir,

Et verse d'abondantes larmes,

Tordant ses bras dans ses alarmes,

De désespoir !

Tes soupirs, ton cœur qui tressaille,

N'éviteront pas la bataille,

Lorsque le roi

L'ordonne. — Il faut, malgré ta peine,

De la diète souveraine

Suivre la loi !

Halte, mon cheval intrépide !

Obéis, docile à la bride,

Pour apaiser

Ma belle et gracieuse amante,
Dans une caresse enivrante,
      Par un baiser.

Pleurs et sanglots sont un blasphème
Contre l'arrêt divin, suprême
      Du Tout-Puissant,
Qui détient la mort et la vie,
Le sort triste ou digne d'envie...
      Le subissant
Sans plainte, implorons sa clémence,
Pour qu'il accorde à ma vaillance
      Un prompt retour,
Pour te rejoindre ici, ma belle,
Et victorieux et fidèle,
      Avant le jour.

Et te retrouvant endormie,
Je viendrai, ma charmante amie,
      Te réveiller,
Sans plus de soucis et sans crainte,
T'embrassant dans ma douce étreinte,
      Sur l'oreiller.

Pour moi récite une prière ;

Ne pleure pas, cher Ange ! Espère ;

Au doux revoir !...

Pense au réveil, et sois moins triste ;

Prends courage. Que Dieu t'assiste !

Adieu ! Bonsoir ! »

II

TOUT SE PASSE AUTREMENT

« Au-delà du Danube, en contrée étrangère,

Tout triste est le cœur ingénu

Du Cosaque exilé, loin des siens, de sa terre,

Rêvant dans un monde inconnu :

De nos aïeux autre est l'usage,

L'antique adage ;

Au beau pays d'Ukraine, en notre âme vraiment,

Tout se passe autrement, autrement, autrement...

« Des Slaves la Pologne, et la perle, et la reine,
        Nous tient unis dans ses liens ;
Les Cosaques ravis de leur mag que Ukraine,
        Lui donnent leur vie en chrétiens !
        De nos aïeux autre est l'usage,
            L'antique adage ;
                Etc...

« L'herbe verte et les fleurs couvrent son sol fertile ;
        Fuyez tertres à l'horizon,
Pour que l'œil plonge au loin, où le Cosaque agile
        Foule la plaine et le gazon...
        De nos aïeux autre est l'usage,
            L'antique adage,
                Etc...

« Les rossignols épris, au pays de l'Ukraine,
        Récitent au vent leurs chansons,
Dont coulent les refrains, jaillissante fontaine,
        Redits par l'écho des buissons...
        De nos aïeux autre est l'usage,
            L'antique adage ;
                Etc...

« Une jeune fille, attrayante et craintive,
     Écoute d'un air sérieux
La romance ; elle pleure et rougit, attentive
     A l'amour qui miroite aux yeux...
De nos aïeux autre est l'usage,
     L'antique adage ;
          Etc...

« Du barde les accents, mélodieux et graves,
     Pleurent au-dessus des tombeaux ;
Ils racontent en tons sonores et suaves
     Du temps passé gloire et travaux...
De nos aïeux autre est l'usage,
     L'antique adage ;
          Etc...

« Le cheval, compagnon fidèle de son maître,
     Comprend son amour et ses chants ;
Au steppe galopant, tressaille tout son être ;
     Il piaffe et hennit libre aux champs...
De nos aïeux autre est l'usage,
     L'antique adage ;
          Etc...

« Le sang coule en nos cœurs plus chaud et plus limpide;

   Pas de vin, grand Dieu !... j'ai soif d'air,

D'espace... pour voler d'une course rapide,

   Au pays natal, libre et fier...

  De nos aïeux autre est l'usage,

    L'antique adage,

     Etc...

« L'amour et la douleur font la trame et la chaîne

   De ma vie... Oh ! De l'Éternel

J'implore la faveur de retrouver l'Ukraine,

   Au-delà de la tombe, au ciel !...

  De nos aïeux autre est l'usage,

    L'antique adage ;

Au beau pays d'Ukraine, en notre âme vraiment,

Tout se passe autrement, autrement, autrement ! !... »

III

RETOUR DES BARQUES COSAQUES

d'une expédition sur la mer Noire, sous les ordres de *Pierre Konaszewicz*, illustre guerrier, qui, rien que par son mérite, devint, de simple cosaque, leur chef ou Ataman, la plus haute dignité du pays. Il en reçut les insignes des mains du roi de Pologne, *Sigismond III*, au commencement du XVIIᵉ siècle. Il fit la guerre avec succès contre les Russes, les Turcs et les Tatars, envahit deux fois la Crimée, y saccagea la ville fortifiée *Caffa,* et participa, à la tête de ses régiments cosaques, à la brillante victoire remportée par le grand *Hetman* de la couronne de Pologne, *Chodkiewicz*, sur les Turcs à *Chocim*. Mais ses plus merveilleuses expéditions eurent lieu sur la mer Noire, où sur de frêles esquifs, il s'aventura jusques sous les murs de *Constantinople,* de *Trébizonde* et de *Sinope*, brûlant et ravageant tout le littoral de la Turquie d'Asie.

Ho! Hourra ho! Les fiers autans
Nous ramènent à nos Limans,

Salut au large Borysthène, [1]

Ruban argenté de l'Ukraine !

Au loin les tertres des aïeux

Resplendissent de mille feux...

    Remontant la rivière,

    Des Iles, des rochers

    S'élève un cri sincère,

    Acclamant les nochers,

    Notre Ataman austère

    Et résonne aux clochers :

« Puisse briller dans tout son lustre,

« *Konaszewicz,* le chef illustre ! »

Est-ce du soir l'astre sanglant

Que reflète le flot tremblant ?

Non, c'est *Sinope,* toute en flamme,

Illuminant notre oriflamme...

Les cités de l'Asie en feu,

De clairs flambeaux nous tiennent lieu ;

    A leurs lueurs funèbres,

    Nous voguons, rame en main,

---

(1) **Nom** ancien du *Dniepr*

Et fendons les ténèbres,

Volant comme un essaim,

Dans nos courses célèbres

Entonnant le refrain :

« Puisse briller dans tout son lustre,

« *Konaszewicz*, le chef illustre ! »

Nous rapportons sur nos bateaux,

Au pays, de riches cadeaux

Aux chers riverains du grand fleuve,

De notre bravoure la preuve,

Gages de nos faits glorieux,

De nos succès audacieux :

    Yatagans, couleuvrines,

    Étoffes et joyaux,

    Armures, carabines

    Et de l'or en monceaux,

    Les fruits de nos rapines ;

    Chantant dans les roseaux :

« Puisse briller dans tout son lustre

« *Konaszewicz*, le chef illustre ! »

Nous enverrons l'or en relief,

Et les châles de cachemire

A la *Sainte-Laure* [1] à Kieff,

Pour des cierges et de la myrrhe ;

Des minarets les beaux croissants

Se transformeront en encens !...

    Disons une neuvaine

    Pour le triste décès

    Des gens morts à la peine,

    Désirant à l'excès :

    « Que longtemps en Ukraine,

« Puisse briller dans tout son lustre

« *Konaszewicz*, le chef illustre ! »

Glissant dans la brume, en avant

De notre Ataman intrépide,

La barque fuit comme le vent,

Sillonnant sans bruit l'eau limpide ;

Notre père et vaillant héros

Va retrouver calme et repos.

---

(1) Église métropolitaine à Kieff, au-dessus des catacombes où se conservent les restes sacrés des premiers Martyrs de l'Église catholique du rite oriental.

Gravons dans sa mémoire,
Lui faisant nos adieux,
Les fleurons de sa gloire!
Par des accords joyeux
Chantons notre victoire,
Lui redisant nos vœux :
« Puisse briller dans tout son lustre
« *Konaszewicz*, le chef illustre! »

Il est en méditation,
Seul à l'écart, dans sa nacelle,
Songeant à la proche action
Qu'il combine... L'œil étincelle,
La bouche sourit, et le front
Cache un plan sublime et profond...
De nos bateaux, en selle
Nous monterons gaîment,
Pleins de joie et de zèle,
A sa suite vraiment,
A la guerre nouvelle,
Répétant simplement :
« Puisse briller dans tout son lustre
« *Konaszewicz*, le chef illustre ! »

Pour saluer notre Ataman,

La foule arrive en son élan,

Avec du pain, de l'eau-de-vie,

L'acclamant joyeuse et ravie ;

Cris reproduits avec amour

Par les villages d'alentour,

    Les ravins, les collines,

    Les îles, les rochers,

    Les légions voisines,

    Les gars et les vachers,

    En notes argentines,

    Au gai son des clochers :

« Puisse briller dans tout son lustre

« *Konaszewicz*, le chef illustre ! »

IV

MAZÉPA

D'origlne cosaque, page à la cour de Jean Casimir, roi de Pologne, ayant pris en horreur les grands seigneurs Polonais, qui opprimaient son pays, il s'enfuit de Varsovie et alla rejoindre le fameux chef des Cosaques révoltés, *Bohdan Chmielniçki*, qui s'était avancé à la tête des rebelles jusqu'au cœur du royaume. Mazépa avait en outre sur les bras une amourette avec une grande dame, dont le mari offensé le menaça de l'attacher à la queue d'un cheval furieux mis en liberté. Cette menace donna lieu à la légende racontée par Voltaire dans son histoire de Charles XII, comme un fait véritable, et chantée en vers par Byron et par Victor Hugo.

Le soleil trop lent en son cours,
Bouge à peine. — Avalant poussière
Et fumée, en mon long parcours
De la cité royale entière,
J'ai pris congé de chaque coin,
Avant de m'en aller au loin...

L'épais brouillard du crépuscule
Couvre les bois de la Vistule ;
Le front trempé par la sueur,
Du croissant j'attends la lueur ;
Dans mes souvenirs je m'absorbe,
Rêvant aux sons de mon théorbe...

Au donjon, il reste isolé,
Pendu poudreux à la muraille ;
Mon cœur de clairons affolé,
Soupirait après la bataille,
Voulant, joyeux, battre à l'égal
Du sabre en main, sur mon cheval...

Jeune et fraîche Varsovienne,
Cède ta place dans mon cœur
A la brune Ruthénienne,
Qui m'ouvrira bientôt sa fleur !
Le Dniepr, m'enlevant dans sa course,
Ne reviendra plus à sa source...

Ni l'ortie au brûlant contact,
Ni les épines de la rose

12

Ne m'ont empêché d'être exact
Au rendez-vous... Ma main se pose,
Pour cueillir les plaisirs rêvés,
Aux sommets les plus élevés.

Si j'ai conquis une maîtresse,
Ne m'en voulez pas fiers seigneurs !
Bourgeoise, noble, ou bien princesse,
Toute femme aux charmes vainqueurs,
Ayant pour plaire armes égales,
En amour n'a que des rivales...

J'ai confiance en mon destin,
Bravant la foudre en mon audace,
Et la haine du Palatin...
Je n'ai pas peur de sa menace !
Pour Mazépa, steppe et chevaux
Sont plus cléments que les châteaux.

Il veut user de subterfuge,
Pour me prendre en flagrant délit;
A cheval !... Je me fais transfuge,
Fuyant, sabre au poing, son dépit.

A quoi me sert-il d'être page,
Pouvant être prince au village?

La valeur s'oublie à la cour,
Où l'homme s'attache à la chaîne ;
Je préfère aux puissants du jour
Le Cosaque libre en Ukraine !...
On veut être ici général...
Nul porte-drapeau, caporal...

Je ne veux rien d'autre sur terre,
Que sur notre fleuve un fortin,
Cinq mille cavaliers en guerre,
Grâce à mon sabre, un beau butin !
Je serai comme chef en plaine,
L'égal du plus grand capitaine !

Battant le Sarmate orgueilleux,
Nous porterons mort et carnage
Dans la Podolie en tous lieux ;
Et selon notre antique usage,
Nous pillerons, ravagerons ;
Ayant tout brûlé nous fuirons.

Les hussards, éclatants d'armures.

Auront beau combattre et lutter,

Nous en percerons les jointures,

De nos dards ; sachant abriter

Le butin pris, sur nos nacelles,

Volant comme des hirondelles.

On nous connaît dans les châteaux,

Et les champs de la Volhynie ;

Nous avons exploré les eaux,

Les bois de la Lithuanie,

Prodiguant meurtre et horions

Dans nos rudes invasions.

Les Transylvains et les Valaques

Ont goûté des lances cosaques.

Le grand Bohdan s'est bien vengé

De l'insulte du fier Staroste [1]

Lavant son honneur outragé

Dans une sanglante riposte.

----

(1) **Le Staroste Czapliçki** enleva la femme de Chmielniçki qui, pour se venger, leva le drapeau de l'insurrrection en pays cosaque.

Mon chevai bai rue et bondit,
Voulant quitter la résidence ;
En ville, évitant tout conflit,
Modère ton impatience,
De peur d'embûche !... Attention,
Jusqu'à la proche station !....

Nous avons servi le Sarmate
Fidèlement dans les combats.
Venant, au moindre signe, en hâte
Bien avant ses propres soldats ;
Et pour récompense, l'Ukraine
A vu s'appesantir sa chaîne...

Du roi les doctes confidents
Discutent les plans de campagne ;
Ils blâment les chefs imprudents
Du malheur qui les accompagne ;
Croyant eux, pouvoir mieux servir,
Mieux nous battre et nous asservir.

A les croire, maîtres d'Ukraine,
Ils tiennent Bohdan prisonnier,
Et vont le massacrer en plaine ;

Quand notre hardi cavalier
Surgit aux bords de la Vistule,
Donnant des coups de sa férule....

Je vais rejoindre le Héros,
Trompant du guet la surveillance,
Suivant des frères les signaux ;
Et vive alors l'Indépendance !
Pique en main, l'écuyer du roi.
Va répandre partout l'effroi.

Vite à cheval ! La nuit sereine
Favorisera mon départ ;
Adieu, ma belle souveraine !
Je vois au-dessus du rempart
Mon étoile bonne ou mauvaise...
Adieu, ma fière Polonaise !!

Je préfère mon sol natal
Aux sables de la Mazovie ;
On s'y trouve libre à cheval !
Les flots du Dniepr donnent envie
De s'y mirer dans nos canots,
D'en habiter les noirs îlots.

V

RÊVERIES PRINTANIÈRES

Sur la branche on entend gazouiller l'alouette
            Chantant l'amour et le printemps ;
Du germe fécondé pousse la violette
            Et répand au ciel son encens ;
                    Douce est ma rêverie
                    Plus verte est la prairie,
                        La la la !...
                    Oh ! Que j'aime le son
                    De ma tendre chanson ;
                        La la la !...

Après la passion viennent Pâques fleuries,
    Des bourgeons surgissent les fleurs,
Étalant au soleil leurs charmes et féeries
    En de ravissantes couleurs !
        Douce est ma rêverie,
        Plus verte est la prairie,

        . . . .

Je devine alentour, dans un flatteur murmure
    Qu'on discute le meilleur choix
A faire, pour les fleurs à mettre, à ma coiffure,
    Allant le mieux à mon minois,
        Douce est ma rêverie,
        Plus verte est la prairie,

        . . . .

Consultons le plus sûr des confidents, ma glace,
    Qui franchement toujours répond,
Et me fait mettre un lis dans un nœud plein de grâce,
    Puis une simple rose au front.
        Douce est ma rêverie,
        Plus verte est la prairie,

        . . . .

Je vois un cavalier, sur la route poudreuse,
   Accourir, sur son cheval noir.
Je vais prendre une robe élégante et flatteuse,
   Voulant être belle ce soir !
     Douce est ma rêverie,
     Plus verte est la prairie,

     . . . .

Au perron, l'invité saute à bas de la selle
   Et s'informe de moi, soucieux,
Tandis que son coursier, hennissant et rebelle,
   Piaffe et fait des bonds furieux.
     Douce est ma rêverie,
     Plus verte est la prairie,

     . . . .

Le sabre et l'éperon augmentent la prestance
   Du brillant guerrier dans mon cœur,
A sa vue ; à sa voix, mon sein palpite et danse,
   Mais vraiment, je n'en ai pas peur !.
     Douce est ma rêverie,
     Plus verte est la prairie,

     . . . .

Ma tante prétend bien, pure plaisanterie,
　　Que c'est un grand mauvais sujet;
Certe en lui, tout de suite, on voit, sans flatterie,
　　Le héros galant et discret...
　　　　Douce est ma rêverie,
　　　　Plus verte est la prairie,

　　. . . . .

Il arrive, il salue, et le voilà tout proche,
　　Me débitant un compliment ;
Je rougis, je pâlis sous les traits qu'il décoche ;
　　Dieu ! Comme il soupire ardemment !...
　　　　Douce est ma rêverie,
　　　　Plus verte est la prairie,

　　. . . . .

C'est un gentil garçon, qui plaide bien sa cause;
　　Mais il faudra le surveiller...
Je ne dois pas permettre... Il veut baiser ma rose
　　Ciel ! ne va-t-il pas l'effeuiller ?
　　　　Douce est ma rêverie,
　　　　Plus verte est la prairie,
　　　　　　La la la

Oh ! Que j'aime le son,
De ma tendre chanson,
La la la.

VI

« ÇA M'EST ÉGAL »

RÊVERIE MATINALE D'UN VIEUX CHASSEUR

Le sommeil délaisse ma couche ;
Mes yeux ne veulent se fermer ;
Je rêve fusils et cartouche,
La clarté tarde à se former !...
Le coq a chanté : voici l'aube,
La nuit lentement se dérobe,
        Le jour paraît ;
Sur la neige, malgré la brume,
Nous trouverons et poil et plume ;
        Oh ! c'est parfait !

Mon vieux, montre ta face !
Il est temps pour la chasse ;
          Vite à cheval,
          Ça m'est égal ! (*bis*).

Cours bien vite, tout d'une haleine,
Réunis ici mes limiers ;
Appelle les gens du domaine,
Tous mes chasseurs et lévriers ;
Cernons le bois pour notre attaque,
Puis formons une bonne traque
          Au gros gibier,
Nous plaçant, sans bruit ni tapage,
Armés à l'affût, au passage,
          Pour l'épier...
Et que font nos chers hôtes ?
Dorment-ils sur leurs côtes ?
          Vite à cheval,
          Ça m'est égal ! (*bis*).

Bonjour messieurs et chers convives !
Comment allez-vous ce matin ?
Disposez de vos forces vives

Pour un amusement divin !...

Au lieu de rester dans les chambres,

Et d'engourdir assis nos membres,

      Sans nous gêner,

Nous allons faire une battue

Dans les bois à première vue ;

      Le déjeuner

S'offrira sur l'herbette,

A la bonne franquette ;

       Vite à cheval,

       Ça m'est égal ! (*bis*)

Jadis, au temps de ma jeunesse,

J'étais vigoureux et dispos,

Courant, chassant, tirant sans cesse,

Ne connaissant pas le repos !...

Que de chevreuils, que de bécasses

Dans les bois, mon Dieu ! Quelles masses,

      Et quel dégât !

Dans les champs, de mon fusil double,

Je sème la mort et le trouble ;

      Tout coup abat.

Pas de balle innocente ;

Quelle chasse abondante !
Vite à cheval,
Ça m'est égal ! (*bis*)

J'attrapais, du coup, de mon arme,
Hirondelle, ou perdrix au vol,
Visant, tuant, c'était un charme !
Mes victimes jonchaient le sol ;
Certe, autre temps, autres coutumes ;
Je pourrais remplir des volumes,
Des coups heureux !
Je vous dis la vérité pure,
Faits, qui vous semblent d'aventure
Prodigieux...
C'est jeter fines perles,
En pâture, à des merles ;
Vite à cheval,
Ça m'est égal ! (*bis*).

Mon Dieu ! L'énorme différence
Avec les plaisirs d'aujourd'hui ;
Votre plus grande jouissance
N'est franchement que de l'ennui.

Qu'ils étaient brillants, l'entourage
Les chiens, la suite et l'équipage
      Du palatin !...
Rien que chasses, festins et fêtes,
Où l'hydromel grisait nos têtes ;
      Tout a sa fin !...
A l'épaisse crinière,
Mon grison piaffe et flaire ;
      Vite à cheval,
      Ça m'est égal ! (*bis*).

Juments, poulains nés à la ferme,
Ne se présentent pas trop mal ;
L'alezan surtout, droit et ferme,
Franchirait d'un bond le canal ;
Il va grimpant monts et collines,
Sautant par-dessus les ravines,
      Toujours devant ;
Parions tout l'or de ma bourse,
Que je vous devance à la course,
      Comme le vent ;
C'est folie à mon âge
De vouloir faire rage ;

> Bien à cheval,
> Ça m'est égal (*bis*).

Lorsque je contemple la plaine,
Les tertres noirs et les tombeaux,
Je sens une larme soudaine
Et je souffre encor d'anciens maux...
Les grands jours de deuil et de gloire
Me reviennent à la mémoire ;
> Mon cœur froissé
Voit paraître une chère image,
Un souvenir qui se dégage
> De mon passé.
La blanche ombre se sauve
Au loin de mon front chauve ;
> Mais à cheval,
> Ça m'est égal (*bis*).

Où ces tilleuls croissent en ligne,
S'élevait jadis un manoir,
Dont l'hôte, père noble et digne,
Avait une fille à l'œil noir.
Je plus à la jeune fillette

Agréant bien mon amourette,
      M'offrant sa main ;
Mais la mère voulait la vendre,
Me faisait la cruelle, attendre
        Sous l'orme, en vain.
Et voyant qu'on trafique,
Je laissai la boutique ;
      Vite à cheval,
      Ça m'est égal ! (*bis*).

Étant jeune, enclin aux folies,
Je pris alors pour m'étourdir,
Maîtresses tendres et jolies,
Leur sacrifiant l'avenir ;
Dans le vice à pleine ceinture,
Sur le sein d'une belle impure,
      J'usai mon cœur ;
Sur mon coursier, héros de drames,
Je volais, du steppe et des femmes
      Cueillant la fleur ;
D'humeur leste et badine,
J'allais à ma ruine ;
      Vite à cheval,
      Ça m'est égal ! (*bis*).

J'ai souillé mon corps dans la fange,
Aspirant à la volupté ;
N'obtenant pour prix, en échange,
Que dégoût et satiété....
A quoi bon faire la morale,
Ayant vécu dans le scandale ;
     Il est trop tard !
Oh ! voyez sur la terre en friche,
Près du bois... Ce n'est d'une biche
     Ni d'un renard,
Mais bien d'un loup la trace,
Mâtin ! la belle chasse !...
     Vite à cheval,
     Ça m'est égal ! (*bis*).

Mes amis ! Plaçons-nous en ligne ;
Laissons le champ à nos piqueurs,
Observons muets la consigne...
Entendez-vous chiens et traqueurs ?
Ils poursuivent le loup terrible
En chœur, d'une voix inflexible,
     Dans le taillis ;
La meute est sans peur ni reproche !

On voit l'animal... Il est proche ;
        Là, vis-à-vis.
Faites feu sur la bête.
La superbe conquête !...
        Vite à cheval,
        Le beau régal ! (*bis*).

VII

LE CHANT DU POÈTE

Quand le jour luit sur la montagne,
Et fait briller les épis d'or ;
Que l'oiseau chante à sa compagne,
Vers le ciel je prends mon essor.

Je vole et suis ma rêverie,
Tressant couronnes et festons,
Gardant amour, beauté, patrie
Réunis aux mêmes chaînons.

L'azur se reflète en mon âme,
Comme au pur lac les verts coteaux ;
La belle nature m'enflamme
Faisant miroiter ses joyaux.

Si parfois je verse une larme,
Au triste aspect de la douleur ;
L'oubliant, je me livre au charme
Du beau qui fascine mon cœur.

Et je crée en ma fantaisie
Un trésor d'objets précieux,
Savourant, épris, l'ambroisie
De l'idéal délicieux.

J'admire du jour la lumière,
Du gai printemps l'air parfumé ;
Voyant l'amour qui régénère,
Je sens le désir d'être aimé !

Tout luit, fleurit, et tout embaume ;
Sur un pommier rouge de fruits,
Le rossignol, en son idiome,
Dit la langueur des tièdes nuits,

Chante l'amour dans la nature,
Qui fait vibrer âmes et cœurs
D'une émotion tendre et pure,
Animant et femmes et fleurs.

Partout, au ciel et sur la terre,
On bénit le grand Créateur,
Fécondant le germe en mystère,
D'où renait l'être producteur...

Mon âme erre de monde en monde,
S'illuminant à leur clarté,
Et cherche une voix qui réponde
En extase à sa pureté...

Mon chant dans ma béatitude
Refleurit avec le printemps,
Variant dans sa gratitude,
D'actions de grâce et d'encens,

Cueillant le parfum de la rose,
Pareil à l'ailé papillon
Qui dans la corolle se pose
Et l'aspire de l'aiguillon,

Ou butinant, comme l'abeille,
Le miel des plantes et des fleurs,
Je m'extasie à la merveille
De la nature en ses splendeurs.

Si parfois, je sens la piqûre
D'un envieux bourdonnement,
J'oublie et venin et morsure
Quand j'admire le firmament.

J'aime la vie et ses surprises,
Mes faiblesses et mes erreurs ;
L'arbre cède au souffle des bises
Et retrouve plus tard ses fleurs.

Oui ! le calice de la vie
N'est pas toujours rempli de miel ;
Je le boirai jusqu'à la lie,
En chrétien aspirant au ciel.

Après ma mort, au cimetière,
De mes ailes, gage béni,
Des plumes resteront sur terre,
Qui m'élevaient dans l'infini.

VIII

ÉVOCATION

(EN TON MINEUR)

Bonheur espoir et foi s'en vont
Avec les rêves du jeune âge ;
Plus d'enthousiasme à mon front,
Plus d'amour croyant au mirage...

Tendre écho du temps écoulé,
Triste et douce chanson d'Ukraine,
Oh ! console un pauvre exilé,
Rappelle-lui son beau domaine !

J'étouffe dans l'air ambiant,
Brumeux et lourd à ma misère,
Et je rêve au clair orient,
Qui m'inondait de sa lumière.

J'ai brisé mon luth triomphant,
Le compagnon de ma jeunesse...
Désert que j'aime avec tendresse,
Prête du souffle à ton enfant!...

Sur le steppe embaumé, la brise
Fait vibrer des accents confus,
Sons divins de la Muse éprise,
Chantant l'amour à ses élus.

Vagues murmures de la plaine,
Portez sur l'aile du zéphyr
Les souvenirs aimés d'Ukraine,
Et ses parfums à mon désir !

Car la fleur vite s'étiole,
Éclose hors de la saison,
Et la pensée au loin s'envole
Du cœur, après sa floraison.

IX

A MA GUITARE

(TOUJOURS EN TON MINEUR)

Du printemps de ma vie
Ma compagne chérie,
Fait vibrer tes accords ;
Que leur douce harmonie,
Apaisant mon génie,
Nage et coule à pleins bords !

Puissent tes sons suaves
Chasser les soucis graves
Qui font trembler mon cœur,
Cacher l'épine amère
De la joie éphémère,
N'en montrer que la fleur !

Enivre mon oreille
De tes accents. Réveille
Amour, désir, gaîté...
Fais revivre leurs charmes
A mes yeux pleins de larmes,
Dans mon adversité.

Je n'eus dans ma jeunesse,
Que des malheurs sans cesse
Et des déceptions.
Dans ma longue souffrance,
Je perdis l'espérance
Et mes illusions.

Le temps passe et s'écoule,
Tout appui tremble et croule,
Où je pose mon bras ;
Jours et fleurs passent vite...
Soucieux, je médite
Et j'attends le trépas.

Car ma vie immortelle
Sera splendide et belle,

En toute éternité ;

Tandis que sur la terre,

Je vis dans la misère,

Pauvre déshérité !...

Du printemps de ma vie

Ma compagne chérie,

Fais vibrer tes accords ;

Que leur douce harmonie,

Apaisant mon génie,

Nage et coule à pleins bords !...

X

LE STEPPE

L'herbe se penche dans l'espace,

Le vert au loin se change en bleu ;

Un tertre après l'autre s'efface,

Pareil à la vague du lieu,

Verte et vaste mer de la plaine,
Où plongent Cosaque et cheval,
Traquant dans les plis de l'Ukraine
Le Turc ou le Tatar brutal.

Salut, glorieux cimetière,
Fécondé par les corps humains !
Les chevaux bondissent sur terre,
Courent librement en essaims,
En troupeaux de coursiers sauvages ;
Bétail et brebis, par milliers,
Broutent les friands pâturages,
Au bord de l'eau dans les halliers.

Des oiseaux, en haut sous la nue,
Se meuvent en corps réguliers ;
Ils volent à perte de vue,
En ordre, à l'instar des guerriers
Commandés par leurs chefs suprêmes,
Suivant les règles et systèmes ;
Rapides comme les autans,
Ils émettent des cris perçants,

Steppe, berceau de mes ancêtres,
Fertile et splendide pays
De mes premiers ébats champêtres,
Paré d'un vert et beau tapis !
Tes chansons tristes ou plaintives,
Au sens profond, mystérieux,
Ont dans leurs notes fugitives
De purs accents mélodieux.

Du désert musique infinie,
Souffle du zéphyr embaumé,
Apre et sauvage symphonie,
De la nature chant aimé,
Tu parais sortir, comme en rêve,
Des guerriers morts, ensevelis
Au fond du tertre qui s'élève,
Témoin des exploits accomplis.

Chante-nous, barde de l'Ukraine,
L'heureux temps de la liberté,
Lorsque, ne portant pas la chaîne,
Le peuple vivait en gaîté !...
Et qui le sait ? Un jour peut-être,

Nous foulerons, d'un pied léger,
Le steppe et briserons du maître
Le terrible joug étranger !

XI

DÉPART SANS RETOUR

A l'ombre d'un vert platane
Qui croît au bord d'un ruisseau,
Une tendre plainte émane
D'un Cosaque, en son bateau.

Pourquoi te pencher jeune arbre,
Plein de sève et de vigueur?
Jeune amant, au front de marbre,
D'où vient ta tristesse au cœur ?

C'est que la branche s'abaisse,
Trempant sa racine à l'eau ;
Sous un poids affreux s'affaisse
La tête du jouvenceau...

Il doit quitter sa chaumière,
Son amante aux noirs sourcils,
Qu'il adorait en mystère,
Pour affronter des périls.

A cheval, loin de l'Ukraine,
Sur une selle à coussin,
Il galope, l'âme en peine,
Et déplore son destin.

Vouant sa vie au service,
Sur le Danube, en exil,
Il rêve dans la milice
A sa belle au gai babil.

Les ans s'écoulent en guerre,
En faits d'armes glorieux ;
L'éclair brille et le tonnerre
Gronde et mugit, comme aux cieux.

Au feu, vieilli, de la bombe,
Sentant la mort, le guerrier
Veut, qu'on plante sur sa tombe
Une branche de sorbier.

Pour en grappiller la graine,
Qui tombe en rouges festons,
Les oiseaux viendront d'Ukraine
Lui gazouiller ses chansons.

XII

EXPÉDITION A CHOCIM

Voyez, voyez ; nos frères, les Sarmates
Du nord au sud traversent le pays ;
Nos fiers guerriers, délaissant leurs pénates,
Plongent dans l'herbe au-devant des amis.
Gens et chevaux composent une chaîne,
Dont les anneaux font retentir la plaine.

Aussi nombreux aux champs que les fourmis,
Pareils d'audace à des oiseaux de proie,
Ils vont en guerre, animés par la joie,
Joncher le sol de morts et de débris,
Le steppe au loin de notre Ukraine entière
Vibre des sons de leur marche guerrière.

Qui ne connaît les brillants cavaliers,
Aux peaux de lynx, de la Lithuanie?
Ceux de Pologne, aux antiques quartiers?
Ils font cortége au chef plein de génie
Qui, sabre en main, sur son bel alezan,
Semble un vainqueur... notre illustre Ataman [1]

Il fait un signe aux tambours, aux trompettes,
De battre aux champs. Un air victorieux,
Aux sons aigus égayés de clochettes,
Résonne alors. Le drapeau glorieux
De Saint-Michel qui terrasse le diable
Incline au sol sa hampe vénérable.

---

[1] Le Hetman Pierre Konaszewicz, *voir le chant III.*

14

— « Cher Ataman, dit le prince royal, [2]
Je mets en vous toute ma confiance ;
Votre courage et votre expérience
Nous feront battre en plein le Turc brutal.
Le cœur léger mettons-nous à la danse,
Et culbutons l'ennemi qui s'avance. »

Le vaillant chef, se tourna vers les siens,
Leva le sabre, au-dessus de la tête,
Et fut compris par les Ukrainiens,
Prêts à voler de victoire en conquête ;
Eparpillés soudain sur le gazon,
On croit les voir se fondre à l'horizon.

Les cavaliers font résonner la terre ;
Elle frémit, comme après l'ouragan.
Femmes, enfants, priant au cimetière
Pour les guerriers, maudissent l'Ottoman
Et font des vœux pour leurs chefs de familles,
Et les garçons sont pleurés par les filles.

---

[2] Le fils de Sigismond III, roi de Pologne, plus tard Ladislas IV.

L'anxiété dura huit tristes jours ;

S'entre-croisant, deux courants sous la nue

Luttaient entr'eux. Des aigles, de la vue,

Guidaient leur vol vers le sud. A rebours,

De noirs corbeaux cinglaient à tire-d'aile...

Rapatrié, le faucon plein de zèle,

Criait victoire, et faisait le récit

Des grands succès obtenus à la guerre,

Grâce au génie, à l'audace, à l'esprit

De l'Ataman qui frappait en tonnerre ;

Les alliés, protégés du destin,

En rapportaient un splendide butin.

Les Turcs en fuite avaient pris leur retraite,

Abandonnant *Chocim* en proie au feu,

Et revenaient déplorer leur défaite

Dans les *Balkans* qui bornent le ciel bleu.

Humilié, le Sultan, en démence,

Rêvait massacre, à *Stamboul*, et vengeance.

Nos cavaliers, unis aux Polonais,

Caracolaient glorieux sur la route,

Fiers et contents de leurs exploits tout frais,
De l'ennemi proclamant la déroute
Et leur triomphe ; et la cloche, en ce jour,
Carillonnait le doux chant du retour.

XIII

LE COSAQUE ENREGISTRÉ

Les Cosaques enregistrés, autrement dits : *Zaporogues* étaien
une classe à part de Cosaques célibataires. Ils formaient un
vaste *Confrérie* ou *Commune* guerrière, composée de plus d
40 bourgs groupés aux bords du *Dniepr*, près de ses chute
nommées *Rapides*, autour du chef-lieu, appelé *Kosz* (Corbeille)
siége et résidence de leur Ataman librement élu, ainsi que de
autres fonctionnaires de la Communauté.

Celle-ci, par sa discipline, sa règle très-sévère et ses liens d
fraternité avait l'apparence d'un ordre militant monastique, éta-
bli, comme une digue, contre le débordement de la puissance
musulmane.

L'entrée y était rigoureusement interdite à toute femme. Les
Zaporogues vivaient de guerre, de rapine, de pêche et de chasse
dans leurs loisirs et s'occupaient aussi à faire des nacelles, d'une
seule pièce, creusées dans de gros chênes. L'année révolue, au

temps des élections, ceux qui s'étaient le plus distingués, ob-
tenaient à leur désir, l'autorisation de quitter la *Commune*
pour rentrer dans la mère-patrie des Cosaques, l'Ukraine, y
prendre femme et s'établir dans un village.

Pour remplir les vides, formés par les partants et par les
morts, un registre était toujours ouvert, où venaient s'inscrire
les amateurs, ou nouveaux enrôlés.

Le désir d'échapper à la vindicte des lois, après avoir commis
un délit, les déceptions d'amour, la passion d'une vie aventureuse étaient autant de stimulants qui engageaient la jeunesse
du pays à venir grossir le nombre des *Zaporogues* et à endos-
ser la *chemise rouge*, leur signe distinctif, comme celle des Ga-
ribaldiens. — Mais la majeure partie des *Zaporogues* provenait
des enfants, soit envoyés et donnés par les différents villages
d'Ukraine, soit enlevés dans les expéditions militaires lointaines
et que les anciens de la communauté élevaient à leur service,
leur inventant des fables incroyables sur leur origine.

Ces pupilles, pauvres orphelins sans nom, ni parents, regar-
daient le *Steppe*, comme leur père et la *Commune*, comme leur
mère.

Ils prenaient ordinairement leurs surnoms des oiseaux qui
planaient sur l'Ukraine et devenaient les guerriers les plus
braves, les plus zélés et les plus attachés à leur communauté.
Ils remplaçaient l'amour et les joies du ménage par leur passion pour les chansons du pays, qui leur promettaient à la fin
de leur carrière, après avoir quitté la confrérie militaire, une
belle Ukrainienne aux sourcils noirs, assise à leur foyer do-
mestique, et leur donnant des rejetons qui les remplaceraient,
avec le temps, dans leur petite république militaire.

L'ORPHELIN ZAPOROGUE

J'eus pour nid une nacelle
De chêne ; en voyage, au loin,
Je grandis, comme un bédouin,
Sauvage au monde et rebelle.

De la race des aiglons,
J'eus pour mère ma *Commune ;*
Enfant du steppe, à la brune,
Hanté par les aquilons.

Aux doux sons de la musique,
Mollement bercé sur l'eau,
Je vis de l'onde, en bateau,
Surgir ma beauté magique.

Grimpant à peine à cheval,
J'eus en don un cimeterre ;
Je pris le reste à la guerre
Au Tatar du littoral.

Le chef qui mène à la gloire,
Aux combats victorieux,
Me cite parmi les preux,
Pour ma bravoure notoire.

Dans mes expéditions,
Je reçus mainte blessure
Que guérit une teinture
D'herbes, sur mes lésions.

Vous, qui planez sur l'Ukraine,
Aigles, au soleil levant,
Rapides comme le vent,
Guidez mes pas dans la plaine.

Lumineux est l'horizon,
Aventureuse est ma vie,
Et, pourtant, j'ai bien envie
D'avoir femme à la maison,

Comme au rustique village,
Où l'on s'amuse à plaisir;
Tandis que je dois subir
L'existence d'un sauvage.

Quand je contemple les cieux,
Je désire une chaumière,
Plus, une compagne chère
Qui me suivrait en tous lieux.

Le Danube et la Crimée
Sont de superbes pays ;
Mais je préfère un logis
A moi, dans l'Ukraine aimée.

Je fais le vœu spontané,
Quand j'aurai femme et fortune,
De faire à notre *Commune*
Le don de mon premier-né.

XIV

A LA MORT DU HETMAN LANÇKORONSKI

Przeclaw Lançkoronski, ataman des *Cosaques* d'Ukraine, apres la mort de *Daszkiewicz*, sous le règne de *Sigismond I*, roi de Pologne, au vxie siècle, chevalier de l'ordre militant de

Saint-Jean de Jérusalem, guerrier illustre, très-populaire en
Ukraine, où il fut surnommé le *cordial Sarmate*, propriétaire
de la seigneurie *Lançkorona* et d'autres grands biens en
Podolie.

De la plaine

De l'Ukraine

Résonne un chant de deuil ;

Il constate,

Du Sarmate

Couché dans un cercueil,

Place et gloire

Dans l'histoire,

Vifs regrets du pays,

Aimant, comme son fils,

L'homme austère

Qu'on enterre

Au bourg seigneurial

Du chef si cordial !

Pour le Slave,

Le son grave

Des cloches vibre aux cieux,

Glas funèbre
Qui célèbre
Le défunt glorieux ;
Tous, en larmes
Et sans armes,
Pleurent notre ataman,
L'illustre vétéran ;
Criant, jurent
Et murmurent
Des accents de douleur,
En prônant sa valeur.

En arrière
De la bière,
Placée au haut d'un char,
Suit la foule,
Vaste houle ;
Elle avance, à l'instar
D'une masse
Qui s'entasse
Dans un étroit chenal ;
Vient après le cheval
De monture,

Puis l'armure,

Insignes et collier

Du noble chevalier.

Des collines,

Des ravines,

De tout lieu de repos

Sort une ombre

Morne et sombre,

Accueillant le héros ;

Tous nos mânes,

Tous les crânes,

Brisés au champ d'honneur,

Acclament le vainqueur,

Le grand homme

Que l'on nomme,

Sieur de Lançkorona,

Lui chantant : « *Hosanna !* »

La mémoire

De sa gloire

Grandira dans le temps,

Et sa vie

Qu'on envie,

Racontée en nos chants,

Sera sue

Et connue

De la postérité,

Dans sa fidélité

A l'Ukraine

D'amour pleine

Pour l'illustre guerrier,

Couronné de laurier.

Ce qui tombe

Dans la tombe,

Renaîtra dans les cieux ;

La dépouille,

Qui se rouille,

Du chef victorieux,

Se transforme

En la forme

D'un ange dans l'azur,

Eblouissant et pur ;

Son ouvrage,

Belle page,

Ecrite avec du sang,
Le mit au premier rang

Des grands êtres,
De nos maîtres,
Les vaillants Polonais,
En misère,
Dans la guerre,
Nos amis désormais,
Portant aide
Et remède
A l'Ukraine en ses maux...
Unis, nos deux drapeaux,
Sur la terre
Tout entière,
Partout, dans leur parcours,
Triompheront toujours.

Dieu protége
Sur la neige,
Durant les jours d'hiver,
Sur la plaine
De fleurs pleine,

Dans l'été chaud et clair,
L'alliance
Et la chance
De vivre en bons amis,
Partageant et soucis
Et besogne ;
La Pologne
Versant l'or et le sang,
Et l'Ukraine à son flanc.

Dans l'armée
En Crimée,
Nous eûmes gloire, honneur...
Du Valaque
Le Cosaque
Devint l'heureux vainqueur ;
Et le Slave,
Fier et brave,
Prit part à nos exploits,
Nous aidant de son poids.
Eternelle
Et fidèle
Puisse être l'amitié
Du puissant allié !..

Sur le fleuve,

Comme preuve

De notre désespoir,

Nos nacelles,

Hirondelles

Du *Dniepr*, seront en noir ;

Et le Steppe,

Sous le crêpe

D'un deuil universel

Du guerrier pris au ciel,

Pourra dire

A ma lyre

Le chagrin du pays,

Du Boh au Tanaïs. [1]

---

[1] Nom antique du Don, fleuve qui se jette dans la mer d'Azow.

XV

A MES AMIS

Sois béni temps de mon jeune âge !
Où par un doux rêve enchanté,
J'évoquais sans cesse l'image
De l'amour, de la liberté !

Sois bénie, ô ma fantaisie !
Divin oiseau du paradis,
Se mirant dans ma poésie,
De l'azur déroulant les plis....

Muse naïve et gracieuse,
Vivant d'espoir, d'illusion,
Comme une vierge curieuse,
Interrogeant sa passion....

Je distinguais des bruits du monde
Les purs accents d'un âge d'or,
Et de l'idéal vibrait l'onde
Harmonieuse, en mon essor.

L'œil fixait rayons et lumière,
Attiré vers le bleu du ciel,
Reflétant la nature entière,
Dans son éclat surnaturel.

L'amour m'éclairait de sa flamme,
Comme mon bon ange gardien ;
Il élevait alors mon âme,
Vers le beau, le juste et le bien.

Dans les bras de ma chère amante,
J'idolâtrais l'humanité,
Cherchant, dans ma joie enivrante,
La source de la vérité.

Baissant ses yeux, buvant ses larmes,
J'étais le roi de l'univers ;
Je chantais sa grâce et ses charmes,
Visant aux succès les plus fiers !

15

A tous mes beaux projets, Zorine
Répondait d'un triste regard
Et, dans son étreinte divine,
Me disait, pleurant mon départ :

— « Hélas ! pour la gloire incertaine
Vous quittez le présent en fleur ;
Vous recherchez une ombre vaine,
Dédaignant les trésors du cœur... »

Comme la goutte de rosée
Réfléchit tout le firmament,
Sa larme ainsi, perle irisée,
Me montrait son amour charmant.

Mais, d'ambition l'âme pleine,
Je lui fis mes adieux touchants,
Prenant congé de mon Ukraine,
Du pays rêvé dans mes chants.

A sa parole prophétique,
Je prenais un air suffisant....
Aujourd'hui, froid et sceptique,
Que pourrai-je dire à présent?

Prenant en pitié ma tristesse,
L'ange céleste, avec raison,
Rappellerait à ma vieillesse
Du passé le clair horizon....

— « Qu'as-tu fait de tes espérances
De tes belles illusions ?
Dirait-elle, voyant souffrances,
Amertume et déceptions... »

Beaux projets, châteaux en Espagne
Se sont bien vite évanouis,
Me laissant, pour triste compagne,
La désespérance au logis.

L'édifice tombe en ruine ;
Mon cœur, veuf des tendres amours,
Ne bat plus, même pour Zorine,
Doux souvenir des heureux jours

Qui me suit dans ma sombre vie,
Sans chaleur et sans passion,
Et sert à mon humeur aigrie
De faible consolation...

L'homme est une frêle nature,
Un être volage et changeant,
En germe ayant la pourriture,
Du sort fatal aveugle agent.

Il déploie un tissu fragile,
Qu'un souffle emporte, au loin, au ciel ;
Il reprend son œuvre futile,
Sans prévoir le destin mortel.

Il court après l'ombre et l'embrasse,
Dans le vide perdant l'esprit,
Pauvre feuille que le vent chasse,
Qui tombe au vol, sèche et périt.

On pense arriver à la gloire,
Et l'on voit aussitôt l'écueil ;
Au lieu de chanter la victoire,
On se penche sur le cercueil.

Telle est des humains l'infortune !
Plaignez, mes amis, mon destin,
Excusez ma muse importune,
Consolez-moi dans mon chagrin.

Le bonheur n'a qu'une minute ;
Certe il faut savoir la saisir
Et conserver, de chute en chute,
L'étincelle en son souvenir.

XVI

NOSTALGIE

Mon cœur, toujours en proie
Aux rêves du passé,
Ressent l'unique joie
Des chants qui l'ont bercé.

J'erre, tenant ma lyre,
Dans l'exil en tous lieux,
Mais partout, sous l'empire
Du ciel de nos aïeux.

Rien, au pays d'asile,
Ne me touche et m'émeut ;
Mon esprit indocile
Voit l'Ukraine et la veut...

De glace à tout spectacle,
Mon cœur indifférent,
Autrefois, sans miracle,
Bondissait en torrent.

Le jour à ma paupière
Vient mouillé par les pleurs ;
L'œil fixé sur ma terre,
Je redis ses splendeurs.

Je languis après elle,
Du matin jusqu'au soir,
Au souvenir fidèle
Et pleurant sans espoir ;

Exilé de l'Ukraine,
Hélas ! depuis longtemps,
Ma chance est incertaine
D'en revoir fleuve et champs !!

XVII

RENCONTRE AU LOIN

Jeune fille, aux yeux noirs d'ébène,
  Donnez-moi votre main ;
Volons ensemble vers l'Ukraine,
  Notre pays divin.

Beauté magique aux dents d'ivoire,
  Ange du paradis,
Faites revivre en ma mémoire
  Mes souvenirs chéris.

Vous regardant avec tendresse,
  Ecoutant vos accords,
Je sens revivre l'allégresse
  De mes anciens transports.

Votre délicieux sourire
Me rend tout guilleret ;
Votre lèvre enchante et m'attire
Par son charmant duvet.

Le bouton, sur quelle prairie,
En fleur est–il éclos?...
Où croissent donc, dans ma patrie,
De pareils fruits si beaux ?...

De votre céleste voix d'ange
Daignez prêter le son
A ma vieille Muse, en échange
D'une douce chanson.

Prenez en main la harpe aimée
Et, d'un ton magistral,
Chantez à mon âme enflammée
Un chant national.

Mais pas de plaintive romance,
Faisant pleurer en vain ;
Je veux un air gai pour la danse,
Qui me remette en train.

XVIII

LA BUTTE AU STEPPE

Le tertre dominant, du steppe sentinelle,
Qui lui sert de vigie et de tour naturelle,
         Surveille l'horizon ;
Il observe bien loin la plaine sans limite,
L'espace découvert que l'ouragan agite,
         Paré d'un vert gazon ;
         En hiver sous la neige,
         En été sous les fleurs,
         Il défend et protége
Le pays d'alentour contre les ravisseurs.

L'aigle de la montagne y vient faire son gîte,
Des chevaux du désert une troupe s'abrite,
         Hennissant, sur le pré ;

Arrivant de l'Asie, en leur essor, des grues
Obscurcissent le ciel, comme de sombres nues,
  S'ébattant à leur gré,
  Non loin du faucon serbe ;
  Et, des fleuves aux monts,
  Murmurant bas sur l'herbe,
Se répandent dans l'air de plaintives chansons.

La butte sur le steppe aime bien, quand la brume
Enveloppe ses flancs et, selon sa coutume,
  L'orne d'un fin duvet,
Causer avec la lune, au ciel blanche veilleuse,
Du vaste firmament gardienne curieuse,
  Epiant tout secret ;
  Et lui dit, en mystère,
  Tous les combats sanglants,
  Livrés à la frontière,
Qui bannirent au loin de nombreux habitants.

« Parmi les exilés se trouve un jeune page,
Guerrier et troubadour, glorieux à son âge,
  Qui devait illustrer
La muse de l'Ukraine et son luth séculaire,

En chantant nos héros et leur valeur altière

       Qui les fait vénérer...

       Que fait-il le jeune homme,

       Devenu pèlerin,

       Ou, dit-on, moine à Rome?...

Nous sera-il jamais rendu par le destin?...

« Le temps passe implacable et, d'année en année,

Je scrute tous les jours la sombre destinée,

       Ne voyant rien venir...

Je demande aux oiseaux, à l'étoile, à la brise,

En vain... Nul ne l'a vu. Mon chagrin s'éternise...

       Oui ! Dix ans vont finir...

       Et combien de fillettes,

       L'attendant, comme moi,

       Avec leurs amourettes,

A d'autres ont donné, faute de mieux, leur foi !

« Le pauvre voyageur, atteint par la tempête,

Qui ne sait même pas où reposer sa tête,

       A dû perdre la voix,

Si nous ne sentons plus résonner dans la plaine

Ses doux chants qui vantaient la beauté de l'Ukraine

Dans le steppe et les bois...
Lune, au ciel clair navire !
Dniepr, qui coule au midi !...
Pouvez-vous me le dire ?
Où se trouve à présent le beau page hardi ?...

« Des nuits luisant flambeau ! Ta céleste lumière,
Qui brille dans l'azur, console sur la terre
            Le poëte inspiré...
Que de fois je l'ai vu contempler ton visage !
Dans ton aspect voit-il le bienheureux présage
            Du retour assuré ?...
            Aspire-t-il encore
            A revoir son pays
            En larmes qui déplore
L'exil du plus aimé, du plus cher de ses fils ?...

« Barde national ! chantre de la patrie,
Errant à l'aventure avec ta rêverie !
            Je t'envoie en ton deuil,
Par l'astre de la nuit, sentinelle divine,
Un remède à tes maux, à ton âme orpheline,
            Un soupir du cercueil...

Tes amis, ton amante

Infortunés, en pleurs,

Sont toujours dans l'attente

Et vont sur mon sommet cueillir pour toi des fleurs ! »

Et le tertre élevé qui domine la plaine,

Rappelant le passé de l'héroïque Ukraine,

Est toujours là muet...

Réuni dans son rêve, à la brillante image,

Il la suit du regard, en exil, d'âge en âge,

La pleurant en secret.....

Et l'ouragan l'abîme,

Et la neige et les fleurs

Alternent à sa cime,

Sans pouvoir l'arracher aux navrantes douleurs.

XIX

UN CHEF COSAQUE A VARSOVIE

Belle Sarmate! en ta figure,
En ton teint de rose et de lis,
En ta splendide chevelure
    Brille le paradis!

Et l'âme ravie, enivrée,
Du plus humble de tes sujets,
Te bénit, ô reine adorée,
    Prise dans tes filets.

Viens en Ukraine aux eaux limpides,
Aux champs dorés, au ciel d'azur,
Où des gens libres, intrépides
    Respirent un ciel pur !

Tu trouveras dans mon domaine
De riants, vastes horizons,
Un cœur aimant sa souveraine
       Et de douces chansons.

Là, je possède en héritage
Des aïeux l'antique manoir,
Verte prairie et pâturage,
       D'un lac le beau miroir ;

En plaine des chasses royales,
Un champ de course illimité,
Au steppe un troupeau de cavales
       Paissant en liberté ;

Près de la mer limans, collines,
Bosquets, ravins, vergers en fleurs...
Ne suis-je pas dans mes ruines
       L'égal de vos seigneurs ?

Nageant sur l'eau, courant sur l'herbe,
Nous passerons un temps béni,
Sur le même coursier superbe
       Savourant l'infini !...

Quittant la chasse pour la guerrre
Et le cheval pour le bateau,
Tu jouiras, noble étrangère,
　　De mon sort libre et beau !

Je t'offrirai, ma bien-aimée,
De riches trésors de Tiflis,
Cent esclaves de la Crimée,
　　Vingt chameaux de Tauris.

Ne crains pas, ma belle Sarmate,
Sur le steppe, un cruel destin,
Une existence de pirate
　　Loin de ton nid hautain...

Je remettrai bientôt mon glaive
Dans le fourreau, pour vivre en paix,
En bon accord et longue trêve
　　Avec les Polonais.

Aimant la commune patrie,
Nous goûterons de vifs plaisirs,
Dans les voluptés de la vie
　　Unissant nos désirs.

Le cheval lancé court bien vite ;
Plus rapide encor est le dard
Et plus prompt le cœur, s'il palpite
    Sous ton divin regard.

Laisse-toi toucher par la flamme
D'un Cosaque brûlant d'ardeur !
Laisse-toi fléchir par mon âme
    Qui chante le bonheur !...

Volons ensemble vers l'Ukraine,
Nous tenant unis par la main ;
Souris-moi, ma charmante reine,
    Dans mes bras, sur mon sein...

16

XX

PARESSEUSE

Le coq par son cri, qui m'irrite,
    Me réveille en sursaut;
Comme la nuit a passé vite !...
    Pour sortir aussitôt,
Je dois me lever de bonne heure,
    Me hâler au soleil...
N'est-ce pas dommage ? Oh ! je pleure
    Mon teint blanc et vermeil. —

Hier encor disait ma mère :
    — « Va sarcler le froment. »
Mais je restai sur la jachère
    Etendue et dormant.
Tressant ensuite une couronne
    De fraîches, belles fleurs,

Je reviens, craignant qu'il ne tonne,
 Par ces fortes chaleurs.
Ma mère, toujours en haleine,
 Inspectait les travaux ;
Elle m'accorde, après ma peine,
 Les douceurs du repos.

Je m'étire, je me prélasse,
 Agaçant le chat noir,
Quand au rouet plein de filasse,
 Je dois encore m'asseoir,
Tordre le chanvre à la quenouille,
 L'enrouler au fuseau....
Fredonnant, je file et débrouille
 Le quart d'un écheveau...

Le soleil descend sur la terre ;
 Il faut puiser de l'eau
Bien vite à la proche rivière,
 Rapporter plein le seau.
Je trouve sur la passerelle
 Un essaim de garçons
Epris de ma noire prunelle,

Et nous nous amusons
A folâtrer sur l'herbe épaisse,
Dans les jeux et les ris,

Venant en aide à ma faiblesse,
Ils portent au logis,
A mes côtés, ma cruche pleine,
Affrontant le dépit
De ma mère qui se déchaîne
Et gronde mon délit
D'oisiveté, de nonchalance,
Que sais-je encore de quoi ?...

On peut blâmer mon indolence,
Mais j'aime à dormir, moi !...

XXI

CONFIANCE EN DIEU !

ÉCRIT APRÈS L'INSURRECTION AVORTÉE EN 1864

O peuple souffrant le martyre !

Tu dresses des tertres, des croix...

Le Seigneur, qui donne et retire

Ses dons aux peuples comme aux rois,

Unit tes larmes en rosaire

Et guérira tes maux sur terre...

Les chantres inspirés, pour toi

Pleins d'espoir dans leurs vers magiques,

Disparus emportant leur foi,

Cessent-ils d'être prophétiques ?...

Tes guerriers, braves défenseurs

De ton sol, nobles *Machabées*,

D'*Israël* glorieux vengeurs,

Soutiens des nations tombées,
Désarmés, sans abri, ni pain,
Errent glacés mourant de faim...
Leurs chants ne se font plus entendre ;
Tes héros pleurent en exil,
Leurs lauriers se sont laissé prendre,
Tu subis l'esclavage vil !...

Tes hameaux brûlés, en ruine,
Attendent leur *Samson* futur,
Afin qu'il brise et déracine
Tes liens et ton joug si dur !
Sois calme, ô peuple, en ta souffrance !
Crucifié, comme Jésus,
Crois à sa divine présence ;
Comme lui, tu ne mourras plus !
Tu verras, auguste spectacle,
Des cieux l'éblouissant miracle !

Jeune, au désert, croît en ferveur
Le chef illustre et grand poëte,
Avant d'apparaître en sauveur,
Dans les éclairs, divin prophète ;

Nouveau *David* du peuple élu,

De tes maux vainqueur résolu,

Rejeton de race royale,

Au sabre habile, comme au luth,

Dans ses yeux, au front grave et pâle,

Rayonne le glorieux but !...

Espère en paix, et tends l'oreille,

Au lontain murmure des flots ;

Tu verras bientôt la merveille,

Quand ton fils, sublime héros,

Par sa valeur brisant ta chaîne,

Réunira la belle Ukraine,

Et les preux Lithuaniens

Aux Polonais, vaillants chrétiens,

En une commune patrie ;

Comme digue à la barbarie...

XXII

MIRAGE

Vision splendide et chérie,
Aimable et tendre rêverie,
 De mon sol doux reflet !
Tu bourdonnes à mon oreille
En vain, opiniâtre abeille !
 Je resterai muet.

Exilé, je me chauffe à l'âtre
D'une terre, froide marâtre
 Pour mes rêves dorés ;
Evocation angélique,
Les fils de ton tissu magique
 Sont vite déchirés...

Je suis privé du beau mirage;
Terne et pâle est la froide image
    De notre ciel d'azur,
De nos vives eaux. La pensée
Vibre, sourdement oppressée,
Dans un milieu moins pur.

Je suis resté l'oiseau sarmate ;
Mon œil au steppe se dilate,
    Aux lointains horizons.
Je vois le nid de la cigogne ;
Au souvenir de la Pologne
    Roucoulent mes chansons.

Dans la cité mon âme aigrie
Pense aux frimas de Sibérie,
    Aux amis délaissés...
Elle s'élance à tire-d'aile,
A l'amitié toujours fidèle,
    Même aux travaux forcés.

Nos vives douleurs sont égales ;
Nos souffrances sont rivales,

Au nord et dans l'exil ;
Libres seulement de la chaîne,
Nous gardons intact, dans la peine,
Le courage viril.

Mon cœur y voit tant d'infortunes ;
Console haines et rancunes
    Sur l'*Irtyche* et l'*Amour* [1].
Malgré le régime sévère
La liberté sereine et fière,
    Grâce à nous, s'y fait jour.

Aux aspérités de la vie,
Aux tiraillements de l'envie
    Mon esprit s'est usé...
Le rêve m'émeut et me touche ;
Mais en s'envolant de ma bouche
    Son fil d'or est brisé...

---

(1) Fleuves de la Russie d'Asie.

XXIII

LETTRE DE SULIMA

AVANT DE MOURIR, AU ROI DE POLOGNE.

Sulima fut un chef cosaque de grand mérite, estimé et très-apprécié par. Ladislas IV, roi de Pologne au XVIIe siècle.

Il attaqua un jour avec ses petits bateaux et prit de force un grand vaisseau de la flotte turque, monté par 300 hommes d'équipage. Guidé par une heureuse inspiration, il fit don de ce trophée de guerre au pape Paul V, le priant d'en employer la rançon au rachat des esclaves chrétiens. Le saint-Père lui envoya avec ses remerciements sa bénédiction apostolique et une médaille avec son image. Cette distinction fut le signal de sa conversion au rite catholique romain. — Quelques années plus tard, le grand hetman *Koniecpolski* bâtit en pays cosaque le fort de « *Kudak* » et y mit une garnison de soldats mercenaires, français, sous les ordres du colonel *Marion*. Les Cosaques furieux de cet attentat à leur liberté, attaquèrent, sous les ordres de *Sulima*, de vive force, le fort que les Français défendaient avec du canon, le prirent d'assaut et le rasèrent. *Sulima*, déclaré pour ce fait coupable de lèse-majesté, fut livré par les Cosaques et amené à Varsovie, où il eut la tête tranchée. Le roi Ladislas voulut inutilement accorder la grâce au coupable ; la diète ne le permit pas. Sulima demanda avant sa mort un prêtre catholique et la médaille du saint-Père qu'on lui avait reprise. Le roi, agréant sa demande, lui fit transmettre également, par son confesseur, quelques mots touchants d'adieux et de sympathique émotion.

Votre nom soit béni, père et roi tutélaire,
Pour vos larmes d'adieu et de compassion !
J'accueille avec amour votre bonté sincère,
Du pontife romain la bénédiction...

J'ai certe eu le désir du pouvoir, de la gloire,
Mais non de la faveur à la cour illusoire.
En chrétien résigné je me soumets au sort ;
Élevé dans les camps, je ne crains pas la mort.

Je l'avais devant moi, l'affrontais en nacelle,
Sur le fleuve et la mer au nautonier rebelle,
Ou sur mon noir coursier, intrépide ataman,
Parcourant notre steppe infini, d'un élan.

Je l'ai prise souvent en compagne à la danse,
Écoutant mon cœur battre à ses baisers brûlants
Que m'envoyaient canons et fusils, en cadence,
Russes, Tatars et Turcs... ou bien Français galants.

Je connais de « *Kudak* » l'excessive importance,
Et je l'ai ruiné sans le moindre remords ;
J'ai vécu pour la foi, selon ma conscience,
Et pour la liberté j'offre au glaive mon corps.

Sire ! Nous avons peur des forts sur nos limites,
De vos chefs redoutant les pouvoirs illicites ;
Élevez des « *Kudak* » pour vos seigneurs hautains
Qui causent la révolte en maîtres inhumains.

Ils usurpent vos droits, mon gracieux monarque,
Qui vouliez m'arracher aux ciseaux de la Parque ;
Ils détruisent la paix et toute liberté
Par leurs abus criants et par leur cruauté.

Notre belle patrie, à la gloire arrivée
Par sa grande vaillance et non par la corvée,
Voit le peuple opprimé par de durs hobereaux ;
Mais les serfs soulevés sauront venger leurs maux.

La noblesse, en diète unie et souveraine,
Voudrait bien gouverner la Pologne et l'Ukraine !...
Ces arrogants frelons, à l'abord dur, altier,
M'ont l'air d'insectes vils qui fouillent le fumier.

J'estime et je chéris les guerriers de Pologne;
Nous avons fait ensemble, au feu, bonne besogne ;
Mais je hais les seigneurs fainéants et cornus,
Ne les ayant en guerre oncques vus, ni connus.

Grand Dieu ! Je ne tiens pas à la vie en ce monde.
Je vous regrette seul, ô mon roi glorieux !
Et mes chevaux courant dans notre Ukraine blonde,
Mon beau pays natal aux chants mélodieux.

Certe, il vous faudrait, Sire, une nombreuse armée,
Pour la conduire en chef aux éclatants succès,
Au lieu d'avoir ici l'existence alarmée
Par les prétentions des grands et leurs excès.

Les Cosaques iront battre Turcs, Moscovites
Partout, au sud, au nord, à votre ordre, en tous sites,
A cheval, en bateaux, n'épargnant pas leurs coups,
La devise aux drapeaux : « *Notre terre est à nous* ».

Je vous tiens, ô mon roi ! ce discours véridique,
Au moment d'être mis en terre catholique,
Condamné par la loi, de mes fautes absous
Par un prêtre latin... Puisse Dieu m'être doux ! !...

Je baise, Majesté, votre larme adorée,

Du saint-Père pieux la médaille sacrée...

Que le roi guide encor longtemps nos citoyens !

Que Paul cinq règne à Rome au profit des chrétiens !...

XXIV

CHANSONS SERBES

I

IMPOSSIBLE !

Un jour, dans la chaumière,
Pauvre vieille grand'mère
    Me dit tout bas,
    A son trépas :

— « Gare au vin, je t'adjure,
Aux fleurs, à la parure ;
Surtout gare aux garçons
Tous de francs polissons !... »

Morale pour bien vivre,
Trop difficile à suivre ;
Car dit le cœur
Avec ardeur :

— « Le vin sied au visage,
Les fleurs et les atours
Parent le mariage ;
Sans garçons, pas d'amours !... »

II

L'INGÉNUE

Un cerisier, de fruits tout rouge,
A terre abaisse ses rameaux
Inutilement ; nul ne bouge
Pour cueillir ses produits si beaux.

Fillette et garçon vont ensemble ;
Lui baisse les yeux, tout confus
Et dit à l'amante, qui tremble,
Son amour en termes émus :

— « O, donne à ma lèvre ravie
Ta joue au teint resplendissant !... »
La beauté livre à son envie
Les deux aussitôt, l'embrassant.

III

NAIF AVEU

— « Je vois dans le bocage
Un seigneur jeune et beau
Qui la nuit, en voyage,
Est loin de son château.
Offrons-lui, bonne mère,
Notre hospitalité

Cordiale et sincère,
Pour qu'il soit abrité. »

— « Reste sous la charmille,
Sans rêver au seigneur !
Nous ne pouvons, ma fille,
Donner au voyageur
Vin, lit et bonne chère,
Dont il aurait besoin ;
Rien que paille en litière
Et pain noir dans un coin. »

— « Appelle-le, ma mère !
Il sera satisfait
De mon accueil sincère,
L'agréant à souhait.
Pour remplacer le verre
De vin, l'œil suffira ;
Au lieu d'un mets vulgaire,
Mon cœur le ravira ;

« Sur le gazon pour couche,
Sous le dôme du ciel,

Il prendra sur ma bouche

Un savoureux, doux miel,

Reposant, fier et digne,

Sa tête sur mon sein

De la blancheur du cygne,

Tendre et moelleux coussin...

« Appelle-le, ma mère !

Je saurai lui complaire... »

IV

PRÉSOMPTUEUSE

— « Jeune fille au gai babil !

Ouvre ta voilette ;

Chère mignonnette,

Laisse voir ton fin profil ! »

— « Halte-là ! Naïf imberbe
    Qui crois attendrir,
    Par ton doux soupir,
La beauté la plus superbe !

« As-tu vu le beau vélin
    Venant de Pergame ?
    Certe, sans réclame,
Plus blanc, plus lisse est mon sein !

« Mon visage est d'une teinte
    Pareille en ardeur,
    Égale en rougeur,
Au fameux vin de Corinthe !

« As-tu senti d'une fleur
    La frôlant, l'épine ?.
    Mon œil, j'imagine,
Saurait mieux percer ton cœur !...

« Mes sourcils sont deux sangsues
    Prises à l'étang...
    Tenant à ton sang,
Ne me suis pas dans les rues !... »

V

JANISSAIRE SERBE

Dans mon pays, où croît le pin,
Où le sainfoin et l'ellébore
Se croisent plus haut que la main,
Je vis trois beautés à l'aurore.

L'une a sur l'éclat de la rose
Les yeux frangés d'un noir écran ;
J'aime mieux la voir, si je l'ose,
Que souper avec le Sultan.

L'autre de corail a la bouche ;
A ses genoux sur un divan,
J'aime mieux ôter sa babouche,
Que chasser avec le Sultan.

La troisième a joli visage
Et sein d'albâtre ; en mon élan,
J'aime mieux ouvrir son corsage,
Qu'être grand vizir du Sultan...

VI

UN DES TRENTE

Trente amis serbes, occupés
A boire, sont assis à table,
Près du fleuve, aux bords escarpés,
Qui mugit en bas sur le sable.
Une fille, au charmant minois,
Remplit la coupe à la ronde,
Evitant les buveurs grivois,
Empressés auprès de la blonde ;
L'un prend sa main, l'autre son bras,
Un tel en veut à ses appas

Et, dans son humeur libertine,

Saisit sa gorge et sa poitrine.

Les farceurs préfèrent au vin

Les jolis attraits de la fille,

Qui se débat d'un air mutin,

Glissant entre eux comme une anguille ;

Elle se fâche, et le dépit

La faisant rougir, l'embellit.

— « En paix laissez-moi, leur dit-elle,

A la vertu je suis fidèle ;

Je vends du vin certe enflammant,

Sans avoir pour cela d'amant.

Grâce à Dieu, maîtresse d'auberge,

De cœur et de corps, je suis vierge.

Ecoutez, seigneurs ! Cette fois,

Je veux bien déjà faire un choix :

J'offre ma main et ma personne,

Que vous trouvez gentille et bonne,

Au guerrier en arme et vêtu

Qui, de ce grand rocher pointu,

Se jettera dans la rivière,

Pour obéir à ma prière

Et, domptant les flots écumants,
Atteindra la rive opposée,
A nos vifs applaudissements !... »

A la demande ainsi posée,
Tous reculent remplis d'effroi,
Déclarant trop dure la loi...
Stepan Radoula, seul des trente,
Pour plaire à la belle imprudente,
Se lève alors, lance un regard
Perçant l'hôtesse comme un dard,
— De la victoire sûr indice, —
Suspend au cou sabre et poignard,
Retrousse tunique et pelisse
Et d'un élan se jette à l'eau
Qui l'engloutit en un anneau.
Il lutte en nageur intrépide,
Surmonte le courant rapide,
Un instant disparaît au fond,
Puis montre à l'autre bord son front,
Redresse noblement la tête,
Tout orgueilleux de sa conquête,
Et crie avec autorité :

— « Tu m'appartiens, fière beauté !
Je triomphe, je t'ai conquise
Pour toujours, pour l'éternité !... »

La pucelle se voyant prise,
Soit honte, scrupule, ou regret
D'avoir fait un acte indiscret,
Se précipite aussi dans l'onde
Qui recouvre la pauvre blonde.
Radoula plonge de nouveau,
A la recherche de sa belle,
Précieux trésor et fardeau
De la trop sauvage rebelle...
Après de longs, de vains efforts,
Il retrouve enfin le beau corps ;
Le ranime et sauve la vie
A sa promise évanouie,
Aux cris joyeux de ses amis.
De son audace tout surpris...

Oubliant sa honte, la belle
Cessa de faire la cruelle...
Pendue au bras de son chéri,

Elle embrasse un futur mari,

Qui, dans la joie et le délire,

Presse son amante et l'attire

Loin du monde, dans son logis,

Pour jouir du bonheur conquis.

FIN

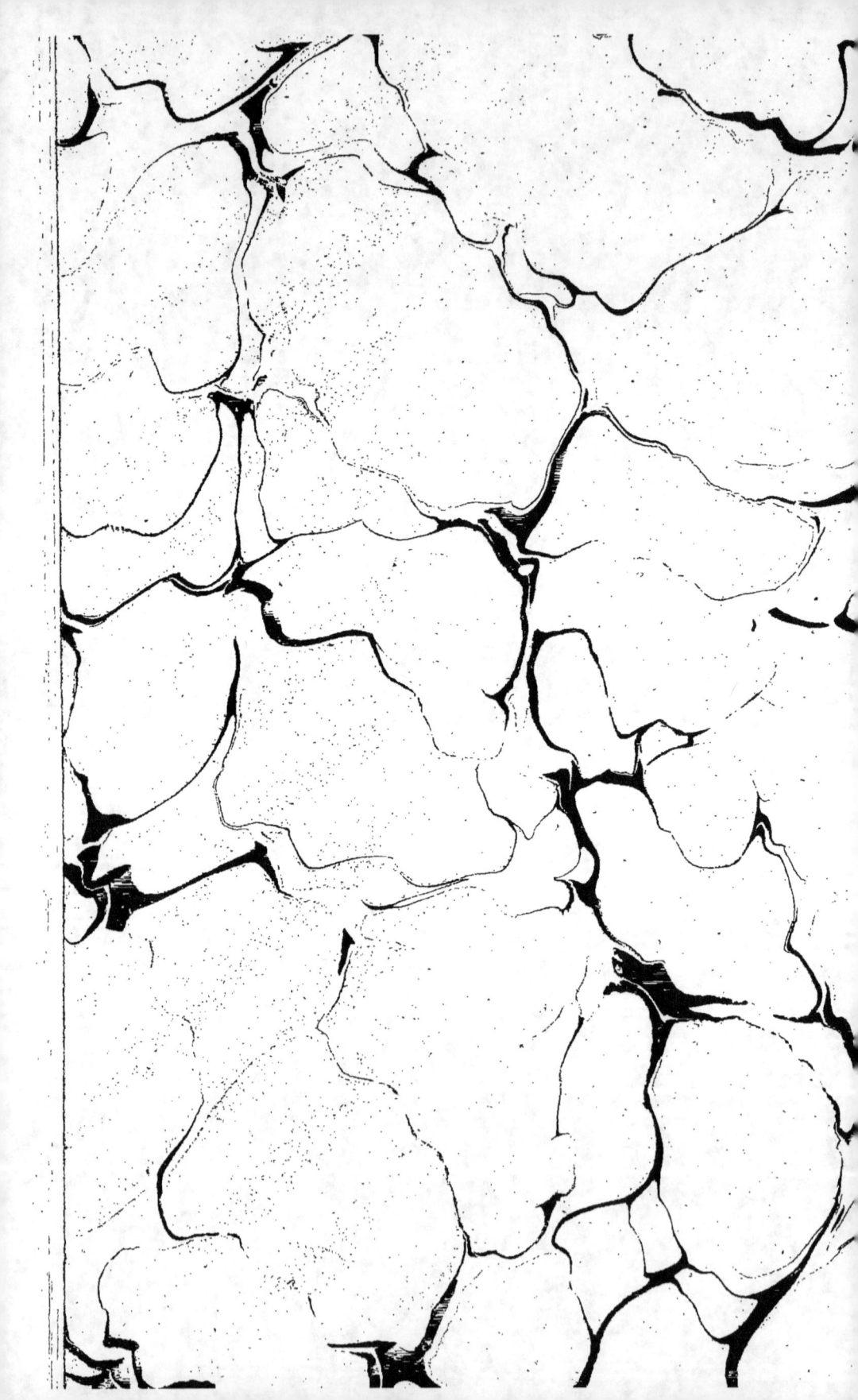

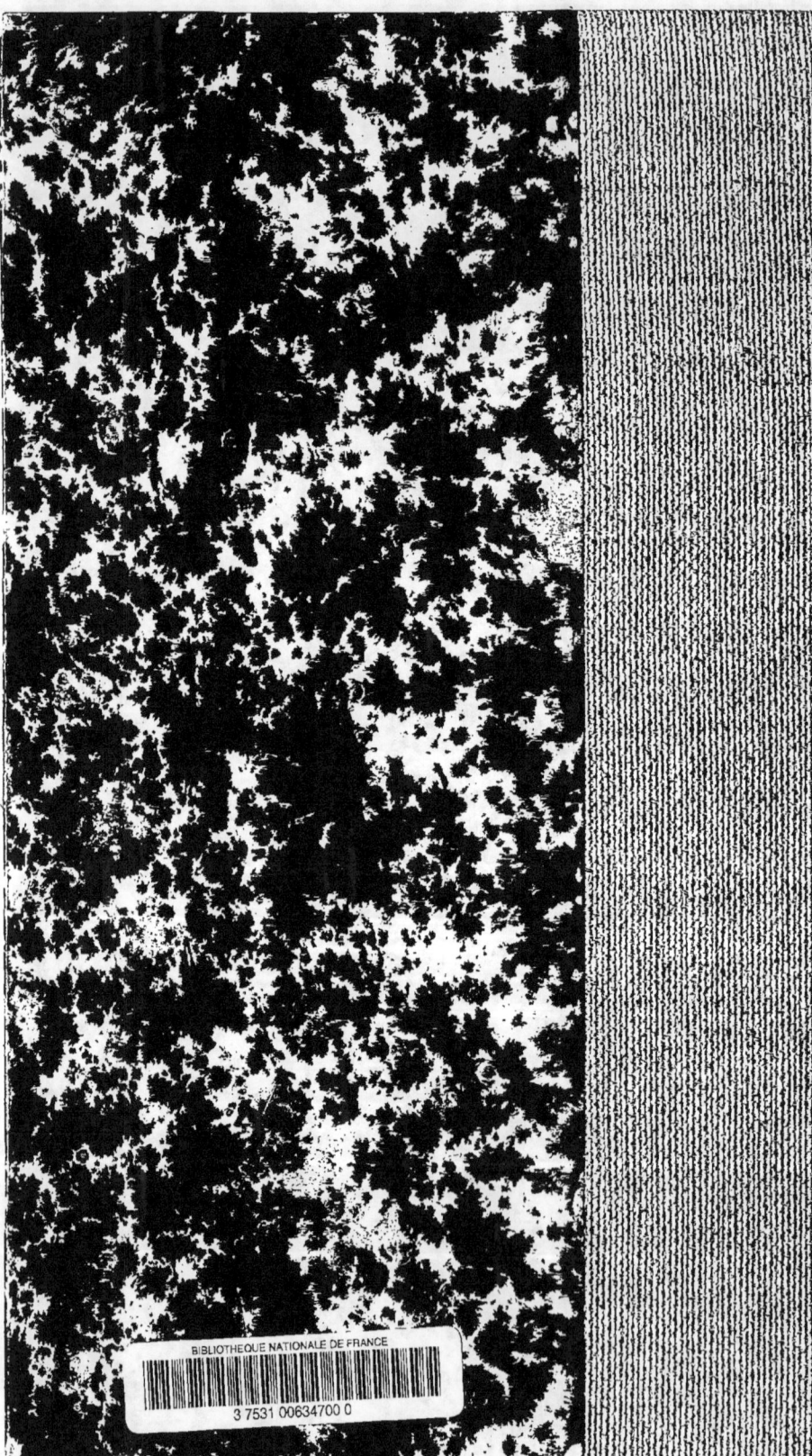

www.ingramcontent.com/pod-product-compliance
Lightning Source LLC
Chambersburg PA
CBHW070759280626
47162CB00016B/1557